· 小柏拉图的哲学故事 ·

小柏拉图和世界的起源

[意]埃米利亚诺·迪·马可 著 [意]马西莫·巴奇尼 绘

虞奕聪 陈婉霓 译

海豚出版社
DOLPHIN BOOKS
CIPG
中国国际出版集团

图书在版编目（CIP）数据

小柏拉图的哲学故事. 小柏拉图和世界的起源 /
(意) 埃米利亚诺·迪·马可著 ; (意) 马西莫·巴奇尼
绘 ; 虞奕聪, 陈婉霓译. -- 北京 : 海豚出版社,
2021.3
　ISBN 978-7-5110-5147-9

　Ⅰ. ①小… Ⅱ. ①埃… ②马… ③虞… ④陈… Ⅲ.
①儿童故事 - 图画故事 - 意大利 - 现代 Ⅳ. ①I546.85

　中国版本图书馆CIP数据核字(2020)第263438号

著作权合同登记号：图字01-2020-7159

Original title：
Texts by Emiliano Di Marco
Illustrations by Massimo Bacchini
Copyright © (year of the original publication) La Nuova Frontiera
The Simplified Chinese is published in arrangement through Niu Niu Culture.

小柏拉图的哲学故事　小柏拉图和世界的起源

［意］埃米利亚诺·迪·马可 著　　［意］马西莫·巴奇尼 绘　虞奕聪 陈婉霓 译

出 版 人	王　磊	
策　　划	田鑫鑫	
责任编辑	张　镛	
装帧设计	杨西霞	
责任印制	于浩杰　蔡　丽	
法律顾问	中咨律师事务所　殷斌律师	
出　　版	海豚出版社	
地　　址	北京市西城区百万庄大街24号	
邮　　编	100037	
电　　话	010-68325006（销售）　010-68996147（总编室）	
印　　刷	北京金特印刷有限责任公司	
经　　销	新华书店及网络书店	
开　　本	680mm×960mm　1/16	
印　　张	24（全八册）	
字　　数	322千字（全八册）	
印　　数	5000	
版　　次	2021年3月第1版　2021年3月第1次印刷	
标准书号	ISBN 978-7-5110-5147-9	
定　　价	158.00元（全八册）	

著　者：埃米利亚诺·迪·马可

他出生在意大利的托斯卡纳，说话也是托斯卡纳口音；他既是哲学方面的专家，又是佛罗伦萨大牛排的专家。从小，他就常给大人们写故事；现在，他长大了，决定给小朋友们也写一些故事。

插画师：马西莫·巴奇尼

他兴趣广泛，有许多爱好，比如写作、画画、登山、潜水。在艺术和创作上，他和没那么爱运动的埃米利亚诺·迪·马可是合作多年的伙伴。这是他第一次给儿童读物画插图。我们希望他能继续画下去，因为他的画非常棒！

这个故事的起源是什么呢？你可以想一想这个问题，你的答案说不定就是对的。也许你会说，你就是这个故事的起源，因为当你读到这个故事的时候，它才算真正开始，你边读边想，什么时候才会发生有趣的事呢？或者，如果你好好想一想，就会发现故事的起源比这更早一些。这个故事起源于一个下午，就在那天，我开始动笔，只不过那时我还不知道该怎么写开头，怎么写结尾呢！

好吧，让我想一想，该从什么时候讲起呢？该怎么开始呢？

也许，我最好从很多很多年前的一个早晨说起，更准确地说，是 2500 年前的一个早晨。

那天早晨，在雅典城里，有一个人急急忙忙的，在人群中拼命地跑着，街上的人都退开来，给他让出了一条道。这个人是一个小男孩儿，他迫不及待地要去一个地方，因为，他有一个大难题要解决。

"嘿！你不觉得，你跑得有点儿太快了吗？"他脑袋里有一个小声音问他。

"一点儿也不，我一定要得到答案！"

要想知道他为什么这么着急，我们就得回过头来，看一看几天前发生了什么。

几天前，我们的小主人公也走在同一条街上，只不过那一次，他慢慢悠悠地散着步。他身边还有一位老先生，这位老先生有一双罗圈腿，脸很扁平，长得有点儿像斗牛犬。

细心的小读者一定已经明白，这个跟你年纪差不多的小男孩就是亚里斯多克勒斯，不过，大家都叫他"柏拉图"。

那天早上走在他身边的人叫苏格拉底，是他的老师。

大家都知道，苏格拉底是世界上最聪明的人，他的智慧甚至可以跟神相媲美。而且，他还是一位很特别的老师，他从不喜欢马上给出答案，而是喜欢用问题来回答问题，让学生自己找到答案。可是，有时候，我们的柏拉图一点儿也不喜欢这样。他总想马上得到所有的答案。有一次，他问老师，为什么不能跳过中间的那些问题，马上得到所有的答案呢。最后，他在一个很奇怪的地方走了一遭，这才明白老师的用意。柏拉图不听老师的话，还有一个原因——他的脑袋里有一个不耐烦的声音，我们可以叫它"小声音"，在故事中，它一直在给柏拉图出主意。

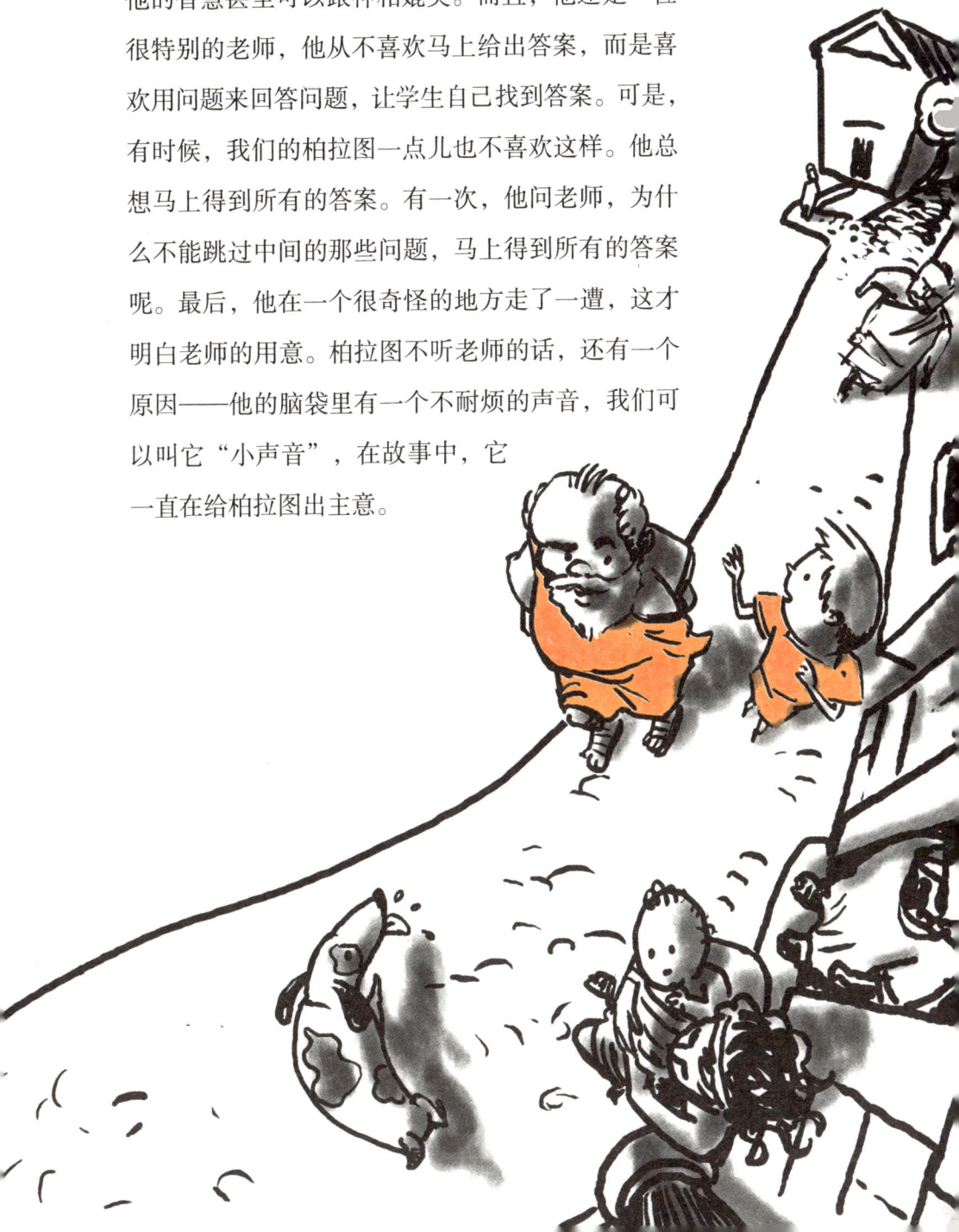

总之，柏拉图是个顽固的孩子，不愿意乖乖听老师的话，还爱惹麻烦，总是试探老师，缠着他要答案。

　　"老师，我知道您是为我好，可是，您能不能别再像平时一样对我提问了，您就不能直接告诉我答案吗？"

　　苏格拉底微微一笑，回答说："亲爱的柏拉图，其实我这么做，与其说是为了你，不如说是为了我自己。要是不停地重复我已经知道的事，那就太无聊啦！跟你聊天却很有趣，因为我永远猜不到你要问我什么问题，除了你每天都问的这个问题。"

　　柏拉图假装没听见最后一句挖苦的话，若无其事地说："好吧，那我想问您，怎样才能成为世界上最有智慧的人？"

　　"我的答案是，耐心一些。我也在寻找这个答案。我们每次聊天，我都有所收获。说不定，你会比我先找到这个问题的答案。"

　　听到这个回答，柏拉图感到很自豪，因为，他的老师竟然觉得他们一样厉害。

他得意了好一会儿。可是，小声音可不愿意就此罢休。

"别上当！他这么说，只不过是因为他不想回答！追问下去！"

话音刚落，柏拉图又开始追问老师："好吧，可您为什么不告诉我您知道的一切呢？"

"因为我知道的东西太有限了，五分钟就能讲完。不过，既然你这么坚持，我倒有一个问题要考考你：我该从哪里讲起呢？"

"哈哈，这回他中计了！"小声音高兴地大喊，"加油！乘胜追击！"

"嘿，这是什么问题。当然是从起源讲起啦！"

"我们赢了！"小声音说，"你看，你刚才竟然还想放弃呢！"

柏拉图好像已经尝到了胜利的甜头，这时，苏格拉底却笑了起来，准备打破他的如意算盘。

"起源又是什么呢？"

柏拉图以为这个问题简单极了，可是，他刚要张嘴，就发现脑袋里一片空白。那一刻，他开始怀疑，自己是不是掉进了老师的陷阱里。而且这时候，小声音竟然也不吭声了。

"起源？这个嘛……就是其他事物产生之前就存在的那个事物呗！"

"这个事物究竟是什么呢？"

　　柏拉图开始思考事物的起源到底是什么，但是，无论他多么努力，脑袋里始终是一片空白。这时候，他已经确定自己惹上了麻烦，而小声音早就不见踪影了。

　　"你看上去好像有些困惑。"苏格拉底说，"这样吧，你好好想一想，要是你找到了事物的起源，我就回答你的问题。现在天色已经晚了，如果你没意见，我要回家吃饭了。"

　　虽然苏格拉底很爱学问，却不愿意错过晚餐，于是，他朝家里走去。柏拉图看着他渐渐走远，脑袋里冒出了无数个问题。他试着寻找答案，可是，每当他想到一样东西，都觉得还有更接近起源的东西。无论他怎样追本溯源，都始终找不到事物的起源。

　　"我生命的起源就是我出生的时候……"他想。

　　"这么说，真正的起源是父母！"小声音提议说。

　　"可是，我的父母是我的祖父母生的，我的祖父母又是我的曾祖父母生的……就算是我的曾曾曾曾曾……曾祖父母，也是他们的父母生的，还是找不到答案。他们的父母又是从哪儿来的？他们的祖父母是谁？他们以前住在哪里？他们就是地球的起源吗？要是地球在他们出生之前就存在了，那么，又是谁创造了地球呢？在地球产生之前又有什么呢？"

总之，柏拉图想到了几百种起源，可是，在他看来，没有一种是真正的起源。总之，原来那个问题很小很小，小得几乎看不见，藏在许许多多其他的想法之中，后来，它变得越来越大，突然之间，柏拉图脑袋中的所有其他问题都被这个问题吞噬了。由于被它吃掉的问题实在是太多了，它便从一个小问题变成了一个巨大的问题。现在，柏拉图脑袋里的空间小了许多，小声音声嘶力竭，柏拉图却几乎听不见它的叫喊。尽管如此，小声音还是不断地对他喊着："不要放弃！要是我们找到答案，老师就会把他知道的一切都告诉我们！"

这是柏拉图等了很久的机会，他可不想让机会白白溜走。就这样，他一边思考，一边回到了家。他和小声音比赛，看谁先找到事物的起源。可是，他们想到的好像都不是正确答案。

"事物的起源是早晨吗？或者……早餐？"小声音提议说。

"可是，每个早晨之前，都有一个夜晚，每顿早餐之前，都有一顿晚餐呀！"

　　"那……是不是太阳呢？树木？海狸？"小声音说。

　　"不，不是的，不是的！"柏拉图回答说，他有点儿气恼。

　　总之，那天晚上，小声音和柏拉图搜肠刮肚，想出了他们认识的所有词语，但这些词语没有一个是事物的起源。

其实，小声音还想出了一些不认识的词，只要是能想到的，他们都想到了，他们甚至还编造出了一些词。可是，要想找到这个问题的答案，真是比登天还难啊！

时间一点点流逝，柏拉图感到越来越绝望。也许根本就没有答案！他沉浸在自己的思考中，甚至忘了吃饭。他找啊找，家具底下，抽屉里，脏衣服的口袋里，哪里都找遍了，可这该死的答案就是不现身！就在这时，小声音有了一个主意："听着，柏拉图，我们为什么不在书里面找一找呢？也许答案就在书里！"

于是，柏拉图和小声音把所有的书都研究了一遍，他们在书中找到的答案简直太多了。

他们发现，许多人都曾寻找过这个问题的答案，包括古希腊最伟大的人。希腊人很喜欢这个问题，他们甚至给事物的起源起了一个名字，叫"阿尔凯"，它在希腊语中的意思就是"起源"。许多人都找到了起源，可是这些起源好像都不是问题真正的答案。每本书好像都会指引他们去看另一本书，没完没了。

简而言之，柏拉图脑袋里的疑问越来越大。有一天早晨，他急急忙忙地向老师的家跑去。就在这天早晨，我们的故事开始了。现在，他已经不想知道老师知道的一切了，他只想知道，事物的起源究竟是什么。柏拉图的头很痛，脚却像插上了翅膀一样，他朝老师的家飞奔，没有心思在街上东张西望。他跑呀跑，在最后一个转角的地方，大声地喊出了老师的名字。

　　可是，他跑得实在是太快了，一不小心又惹上了麻烦。这个转角后面，有一堵讨厌的墙挡住了他的去路，柏拉图结结实实地撞在了一排砖头上。这堵墙和事物的起源一点儿也不沾边，却将柏拉图撞倒在地上。

"这哪里是什么起源！这简直就是世界末日！"小声音惊叫起来。刚刚撞的那一下实在是太厉害了，柏拉图眼前一黑，晕了过去。

他睁开眼睛醒来的时候，发现自己来到了一个很奇怪的地方。这里十分昏暗，他身边有一个幽灵一样的东西，担心地盯着他。柏拉图看见这个幽灵的时候，害怕得大叫了起来："天啊！我这是怎么了？你是谁？"

"什么我是谁？你不认识我了吗？"幽灵问。柏拉图刚要张嘴说话，就认出了这个声音。认出这个声音并不难，因为他对这个声音太熟悉了。

"啊，你是小声音呀！都怪你给我出了这些馊主意！"

"别急着怪我，我可是早就提醒过你，跑得慢一些。"

柏拉图真想和它大吵一架，可是，他还有更重要的问题要解决。他不明白自己这是在哪儿。可以肯定的是，他不在雅典城里。这里的天空阴云密布，到处都堆满了东西，像一个露天的大仓库。他从来没见过这样的地方，可是，他又觉得自己好像已经来过很多次了。

"我这是在哪儿？"

"嘿，你应该能想到的呀，如果我是小声音，你现在就在自己的脑袋里嘛！"

柏拉图惊奇地发现，他的脑袋里有许许多多的疑问。他下定决心，要是他能从这里出去，一定要整理一下自己脑袋里的东西。他像平时一样，有一大堆问题想问，可是，他还没开口，就听见远处传来可怕的脚步声，好像一个巨人在靠近他们一样。

"怎么回事？"

"是'问题怪'！"小声音说，"它已经吃掉了所有的问题，现在，它想吃了我们！"

传来的脚步声很重很重，柏拉图看见远处出现了一个怪兽的剪影，每走一步，这个怪兽就变得更大、更凶。虽然问题怪离他们还很远，柏拉图还不知道它究竟长什么样，不过可以肯定，它绝不友善。

"我们该怎么办？"柏拉图吓坏了。

"随便你，我先溜了！"说完，小声音拔腿就跑。

这回小声音倒是出了一个好主意。于是，柏拉图跟着小声音，拼命地跑了起来。看来，无论是在脑袋里面，还是在外面，柏拉图都注定跑个不停。逃跑的时候，他经过了他的"回忆堆"和"想法堆"。

"我们得藏起来！"小声音说，"我们可以到'被遗忘的想法'那里去，这样一来，问题怪就找不到我们了。"

"你说得对，可是，我不记得怎么过去了。"柏拉图回答说。

他们继续跑着，这时问题怪的脚步声也越来越近了。最后，他们累坏了，来到了一座山上。眼前展开的是一片巨大的平原，无边无际似的。

"那又是什么？"

"那是'没完没了的问题平原'，也就是没有尽头的问题。"

"我才没有没完没了呢！你觉得我是个没完没了的人吗？"

"算了，算了……"

"不行，不能就这么算了！我是个没完没了的人吗？"柏拉图生气地问。很快，这片巨大的平原就变得更大了。

"别这样，事情更糟糕啦！我们得找条捷径！"

"我们要去哪儿？"

"别问了，更糟糕啦！平原的尽头就是'傻话的海洋'。"

"听着，我已经受够了！我告诉你，都是你的错，我才会说傻话。"

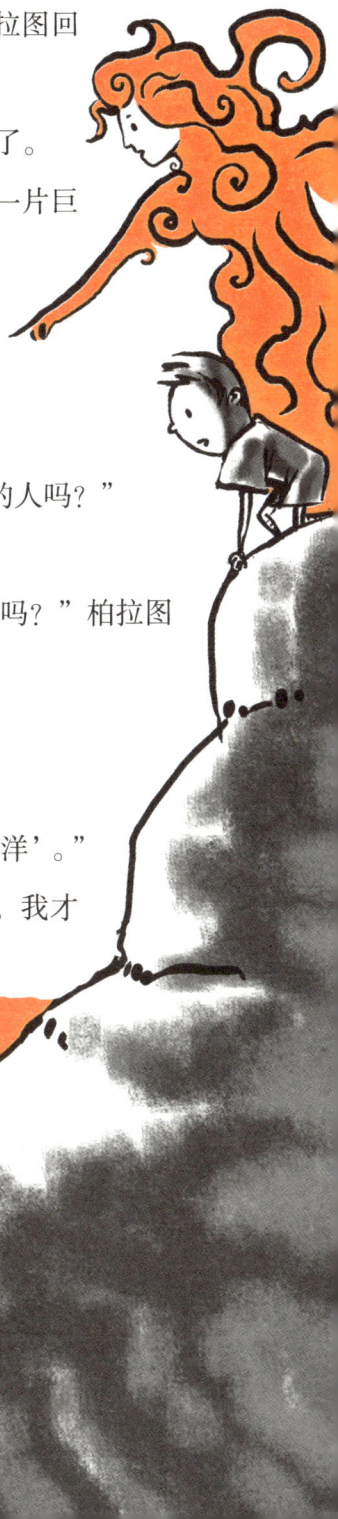

"你信不信，就算没有我，你也会说傻话。"

就在他们争吵的时候，问题怪一步步逼近，现在已经听得见它愤怒的咆哮了。

"它来抓我们了！"

"快点，到这儿来！"小声音说着便拉起了柏拉图的手，带着他跳进了一堆扭曲的记忆中，里面像荆棘丛一样，长满了刺。

"哎哟！这些又是什么东西？"

"这些是你出过的丑。就连最凶猛的问题怪也不敢来这儿。"

可是，问题怪已经来到了他们的身边，一点儿也没有放他们走的意思。就在这时，小声音在两块巨大的岩石之间，看见了一条又窄又陡的通道。

"就是它，终于找到了！我早就知道能在一堆出过丑的地方找到它。"

"那条窄窄的通道是什么？"

"那两块大岩石是你的顽固，还有你钻过的牛角尖，那条窄窄的

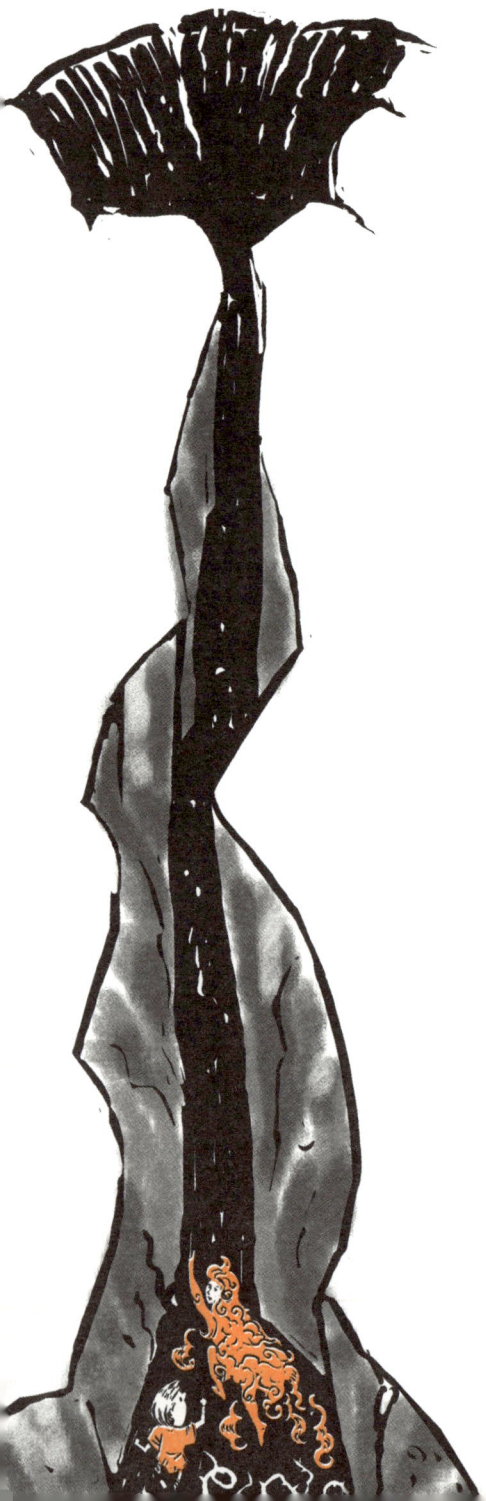

通道就是你将老师教过的东西付诸实践的次数！这条通道很窄，问题怪一时半会儿过不来。"

"那条缝隙又通往哪里呢？"

"通往你知道的事物。或许在那里，我们可以找到一些东西，打败问题怪。"

柏拉图和小声音纵身跳进了那条窄窄的通道，没过多久，他们就来到了两块大岩石中间的一小块空地上。柏拉图发现这里实在是太窄了，他意识到，自己应该学习更多的知识。

"我的知识只有这些吗？这么少吗？"

岩石的另一头传来了可怕的咆哮声，看来，问题怪已经到通道口了，正想尽办法进来。柏拉图已经能够时不时地在缝隙中看见它，它看起来果真十分凶猛，可怕极了。

"你知道吗，你要是找不到答案，我就会成为别人脑袋中的声音。"

"那我真得祝贺那个人。我会碰上这些麻烦，还不都是你的错！"

"现在可不是追究这些的时候。幸亏你是个顽固的孩子，这块岩石还会升高一些。不过，我们的时间真的不多了。"

"别怕！我来帮你们！"一个威严的声音说。

柏拉图和小声音转过身去，他们背后站着一个人，他留着长长的白胡须，看上去像个老师。

"你又是谁？你到我脑袋里来做什么？"

"我叫赫西俄德，我写过一些书，你这几天看的书就是我写的。算你走运，我的知识有一部分留在了你的脑袋里，现在，我是来告诉你答案的，那个你苦苦寻找的答案。"

“真的吗？你知道事物的起源是什么吗？”

“当然了，你瞧，世界刚刚形成的时候，只有黑夜女神，她是第一个神，也是最古老的神。她有一双乌黑的翅膀，就像乌鸦的翅膀一样，她用翅膀笼罩了一切。”

“然后呢？”小声音问。

“然后，黑夜女神遇到了一阵风，她受孕了，产下了一个神奇的银蛋，厄洛斯从蛋里诞生了。厄洛斯就是爱神，是他创造了万物，创造了我们今天看见的宇宙。”

“这么说，这就是答案？事物的起源是神？”

“嗯……我觉得挺可信的。”小声音说。

“我觉得一点儿也不可信。”另一个声音说。

柏拉图和小声音扭过头，又看见了另一个人，他看上去很聪明，正骑着一匹很奇怪的动物朝他们走来。

“这下不好了。”小声音说。

"怎么了？"柏拉图问。

"他骑的那玩意儿是'疑问兽'，一种长相丑陋的大猛兽。"

这个人不如赫西俄德那样庄重和严肃，但是他的眼睛里闪着一道聪明的光，还带着一丝幽默。他看上去像个旅行经历十分丰富的人。

"大家好，我的名字叫色诺芬尼。"这个新来的人从疑问兽上下来，"我只想告诉你们，别相信这个人。"

"为什么？"柏拉图问。

"赫西俄德的确是一位伟大的诗人，但他没有你想找的答案。"

"你说什么呢！"赫西俄德气急败坏地说。

"我说的是真相。我们假设，是神创造了一切，可是，又是谁创造了神呢？"

"没有人创造了神！"

"同意。那么，这些神又是谁呢？其他的民族有其他的神，关于事物起源的故事也不同。我们怎么能够判断哪个民族对，哪个民族错呢？哪怕在

24

希腊，也有人认为，最早的神并不是黑夜女神，而是天空之神乌拉诺斯和大地女神盖亚。还有人说，事物的起源是时间之神克洛诺斯。"

疑问兽叫了一声，表示赞同，同时，它还变大了一些。

"这么说，你觉得神并不存在吗？你真该感到羞愧！"

"我可没这么想。我只是说，每个民族都有他们自己的神，没有人能真正认识神，因为神太强大了，不是我们这些简单的凡人可以理解的。"

"他说得也有道理。"小声音说。这时，疑问兽又变大了一些。

"我去过很多地方，在旅行中，我发现色雷斯人有着蓝眼睛和红头发，他们的神也是红头发和蓝眼睛。努比亚人有着黑皮肤，他们的神也是这样。这就说明，我们无法真正认识神，只能想象神的样子。"

"这是我听过的最可笑的话了！"赫西俄德说，"你们爱怎么样就怎么样吧，但是别忘了我帮过你们！"

说完，他转过身，气呼呼地走了，只留下柏拉图、小声音和色诺芬尼。这时，问题怪的咆哮声更响了，疑问兽也变得越来越大，而且，它还散发出了一种难闻的气味。

"所以呢？如果不是神，答案是什么呢？"柏拉图满怀希望地问色诺芬尼。

"我不知道。"他回答说。

"什么？！"小声音难以置信。

"我不知道。我只想告诉你们，赫西俄德的答案是错的。现在我不打扰你们了。"

　　"那个大家伙要来了，我可不想留在这儿。"接着，他还指了指
疑问兽，"啊，对了，这个家伙就留给你们了。"

　　色诺芬尼言出必行，果真丢下柏拉图和小声音，自己走了，还把
疑问兽留给了他们。这时，问题怪也越来越近了。

　　"岩石松动了！快变得更顽固些！"小声音催促道。

"我正在回想有没有其他人能帮我们。"柏拉图回答说。他正在努力回忆他读过的所有书，后悔自己以前读得太快。这时，走来了一个人，他是个盲人，拄着拐杖才能站稳。

"你们好呀，我是荷马，我给古希腊最伟大的英雄们写过一些美丽的史诗。"

"你有我想找的答案吗？"柏拉图问。

"我当然没有，不过，有时候恐惧会戏弄我们。你记错书啦！"

"真是的，你专心一点儿呀！"小声音嘟哝道。

柏拉图开始更努力地回想。于是，荷马消失了，又出现了三个人，他们并排走着。

"这些人又是谁？"小声音问。

三个人中最年长的那个走向柏拉图，柏拉图觉得自己好像在哪里见过他，但是他想不起来是在哪里了。实际上，他曾在一个梦里见过他，不过，这是另一个故事了。①

---

① 这个故事在《雅典娜的惩罚》中。

28

"我叫泰勒斯，大家都说我是最早的哲学家，也是地球上最聪明的人之一。"

　　"你知道怎样打败问题怪吗？"

　　"你瞧，我在一生中做过许多值得纪念的事。我改变了一条河的流向，我停止了一场战争，我还利用知识变得十分富有。不过，我最大的功劳，是找到了你正在寻找的答案，人们会因为这一点永远记住我。"

　　"答案到底是什么呢？"

　　"答案太简单了。万物的起源是水。"

　　"天啊！这是我听过的最可笑的傻话了。"小声音说。

　　泰勒斯微微一笑，好像就等着它说这句话，然后他从长袍底下掏出一个装满水的瓶子，里面有许多图像。

"你会这么说，也许是因为你从没认真想过这个问题。难道你从来没注意到，所有的生物都是潮湿的，好像都含有水吗？难道你不知道，没有水就没有生命吗？你们从来没想过为什么吗？"

"说实话，我还真没想过。"柏拉图承认道，他被瓶子里的神奇景象吸引住了。

"生命是在水里诞生的，我们最古老的祖先其实是鱼，这也许听起来很不可思议，可事实就是这样。"

说到这里，瓶子里出现了鱼的图像，它们从海里跳了出来，变成了人。

"而且，有时候，在一些离海很远的山上，从岩石中能找到一些十分古老的贝壳，它们跟现在生活在海底的贝壳很像。这就说明，曾经有一段时间，世界上到处都是水，后来水退下了，万物就诞生了。"

"我怎么没想到呢！"小声音说。

"最后，如果你挖洞，挖得足够深的话，总能挖到水，好像地球本身就是从水中产生的一样。好了，你还觉得我说的是傻话吗？"

"不，说实话，你已经说服我了。"小声音说道，柏拉图也惊讶得张大了嘴。

"你之前说的那句话才有道理呢，泰勒斯说的就是傻话。"

说话的是三个人中的第二个，他看上去更年轻一些。

泰勒斯恶狠狠地瞪了他一眼。

"水并不是万物的起源，土也不是，火也不是，空气也不是。"

"这个人想干什么？"小声音问。

"我叫阿那克西曼德，我只想告诉你们一些事。河水是在地上流淌的，海洋再深也是有底的。如果万物诞生之前只有水，水又是依托什么东西流淌的呢？"

"没错！"柏拉图表示赞同。

"而且，如果那时只有水，是什么将水变成其他东西的呢？要真是这样，就不会有火了，因为一有水，火就会马上熄灭。"

"你以前竟然还是我最喜欢的学生，我真是看错了人！"泰勒斯说，"好哇，大学究，那你来说说，事物的起源究竟是什么呢？"

阿那克西曼德展开他的披风，放出了一团柏拉图从没见过的物质。

"我们看到的所有事物都有极限，我的身体、海洋、地球和星星，都有极限。起初，有一种物质，这种物质不是水，不是土，不是火，也不是这些东西的总和。那是一种无穷无尽的物质，不需要依靠别的东西，正因如此，我叫它'阿派朗'，在希腊语中，它的意思就是'无限的'。后来，这种物质自己分裂了，从分裂的部分中诞生了风、海洋、山、河流，诞生了万物。"

阿那克西曼德话音刚落，那一团物质就爆发出一团火焰，还产生了一阵风和几滴水。他的手心里留下了一把土，他将土掸走，显得十分得意。

"说不定他是对的。"小声音说。

"恰恰相反！"三个人中最年轻的那个一直没说话，现在他终于开口了。

"又来一个！"柏拉图叹了一口气。

"我是阿那克西美尼，是阿那克西曼德的学生，也是他的侄子。"

"亲叔侄，不留情啊！"阿那克西曼德小声嘟哝。

"我叔叔忘了告诉你们，他刚刚其实是在吹牛，以前从来没有人看见过他提到的这种物质，现在和以后也不会有人看见。这就好像，他不知道怎样回答你们的问题，于是编造了一个关于无限物质的故事。"

"所以呢？答案是什么呢？"柏拉图问。

"孩子，事物的起源是空气。"

"这才是胡说八道呢！"泰勒斯和阿那克西曼德齐声说。

"真不好意思，我可不同意你们的观点。"阿那克西美尼回答说。说着，他拿出了一个晃动着的口袋，里面好像装满了风。

"空气和水不一样，空气并不需要依靠别的事物。而且，其他的所有元素都是从空气中产生的。空气冷却下来能变成水，比如，它在天空中能形成云，随后又会变成雨。空气热起来会燃烧，变成火。要是你们不信，大可以试一试，将空气从燃烧着的物体中抽离，你们会发现，火一下子就熄灭了。最后，空气经过压缩会凝固，变成土。"

阿那克西美尼打开他的口袋，一阵大风从里面吹了出来，带出了他刚刚提到的所有东西。然而，事情并没有就这样结束，因为泰勒斯和阿那克西曼德还在和他争论。

　　"是吗？那你试试凝固风，给我们变出一块砖头来！"泰勒斯说。

　　"我可不接受你的批评，你这个竟然相信自己是鳕鱼后代的傻瓜！"阿那克西美尼反击道。

　　"你们俩都不对！"阿那克西曼德插话。

　　他们三个就这样吵了起来。就在这时，疑问兽已经变得巨大，几乎占据了所有的空间。柏拉图大喊着，想让他们停下来："求你们别吵了！问题怪就要来了！"

　　可是，已经太迟了。

　　"我已经来了。"有一个声音说，像是地狱深处的魔音。

这时，一只漆黑的大手掰开了岩石，抓住了柏拉图，用力地摇晃着他。一瞬间，三个哲学家、疑问兽和小声音都逃走了，只剩下柏拉图一个人。他听见，有个声音从很远很远的地方传来："醒醒……醒醒……"

柏拉图睁开眼睛，看见了老师苏格拉底的脸，他正摇晃着柏拉图，想弄醒他。

"老师！您是怎么找到我的？"

"这还不简单，我听见你在叫我的名字，我从家里出来的时候，就看见你撞上了墙。"

"您救了我的命！"

"哈哈，不是这样的，你只是撞到了墙而已，死不了。"

"不是的，您一定想象不到我经历了什么！"

于是，柏拉图把他的奇遇告诉了老师。苏格拉底安静地听着，直到眼前这个孩子说："最糟糕的是，我什么也没学到！我差点丢了小命，可我的知识还是和以前一样少。"

"不是这样的，孩子。现在，你知道的事情比以前多多了。你了解了大诗人和大哲学家的思想，你可以从他们停下脚步的地方出发，在他们犯的错误中吸取经验。"

"也对，可是，我并没有找到问题的答案。"

"你已经找到了许多答案，你现在该做的，就是静下心来，研究一下这些答案，看看有没有哪一个答案是正确答案。而且，我认为，你还学到了一件更重要的事，正是我一直想教给你的事。"

"是什么呢？"

"如果你想学东西，问题可比答案重要多了。亲爱的柏拉图，问题就像马儿，如果你挡住了它们的去路，它们就会把你撞翻，因为，问题比最强大的人更强大。不过，要是你学会跟问题做朋友，能驾驭问题，它们就会带你去很远很远的地方，比你能想象的最远的地方还要远，它们会带你寻找答案，找到你现在想都想不到的答案。"

这个故事是怎样结束的呢？柏拉图终于明白，老师是对的，他不该想着走捷径。苏格拉底见自己的话起了效果，就扶柏拉图站起来，补充说："而且，你一定还学到了另一件很重要的事。"

　　"什么事？"

　　"永远别用脑袋撞墙！现在，跟我走吧，有好多问题等着我们呢！"

苏格拉底和柏拉图是谁？

苏格拉底是一个真实存在的人物，他是古代最重要的哲学家之一。他出生在公元前469年（一说公元前470年），也就是2500年前，是一位学问大师。可惜，他的做法给他招来了不少敌人，最后，他被人起诉，被判处了死刑。柏拉图，苏格拉底众多学生中最优秀、最有名的一个。苏格拉底在监狱中去世后，他写了一本书，记下了老师的教义。柏拉图这样做，也是因为苏格拉底生前忙于教书，从来没有时间写书。柏拉图的这本书叫《对话录》，记录了苏格拉底和别人辩论的一些故事和他的思想，多亏了这本书，我们才能看到这个故事和许多其他故事。

赫西俄德是谁？

跟荷马一样，赫西俄德被认为是古希腊最伟大的诗人。没有人确切知道他是什么时候出生的，也许他出生在公元前800年到公元前700年之间，在希腊的一个名叫比奥西亚的地方。对于许多古希腊人来说，赫西俄德不仅仅是一位诗人，因为他还写过一部名叫《神谱》的作品。在《神谱》中，他整理了希腊众神和英雄诞生的故事，这部作品话题有趣，文字优美，被认为是一部神圣的作品。

泰勒斯是谁？

泰勒斯，约出生在公元前 639 年的米利都。当时的米利都是一个重要的港口城市，来往的商人、旅客络绎不绝。年轻的泰勒斯，为了学习远走他乡，在外旅行多年，他曾游历埃及，足迹几乎踏遍整个地中海地区。回到家乡时，他已经成为那个时代学识最渊博的人之一，于是他开始从事科学研究，用今天的话来说，他就是"科学家"。他精通的领域是水利工程；因为痴迷于水，他甚至提出了"水是万物之源"的理论。泰勒斯没有留下文字著作，许多残篇都是由柏拉图的学生亚里士多德传下来的。泰勒斯之所以如此重要，不是因为他是第一个思考哲学难题的人，而是因为他首先摆脱了宗教束缚，在宗教之外寻找问题的答案。正因如此，一直以来，泰勒斯被视为西方哲学的开端，是西方哲学的第一人。

阿那克西曼德和阿那克西美尼是谁？

阿那克西曼德出生在公元前 610 年前后，他也是米利都人。他是泰勒斯的学生，或许也是泰勒斯的亲戚。关于阿那克西曼德的一生，我们了解得并不多，我们只知道他经常旅行，还写过四本书。

阿那克西曼德的观点和泰勒斯不同，他认为万物的起源不是水，而是一种神秘的物质，名为"阿派朗"，也就是"无限定"的意思，这种物质也许真的无穷无尽。

阿那克西美尼是阿那克西曼德的一个学生。关于阿那克西美尼的生平，我们知道得很少，他也几乎没留下任何书。从其他哲学家的故事中，我们可以知道，他认为万物的起源是空气。

色诺芬尼是谁?

公元前 570 年前后，色诺芬尼出生在科洛封城。他不仅是一位哲学家，还是一位吟游诗人，他一边游历希腊，一边讲关于众神和英雄的故事。色诺芬尼提出了一些关于众神的理论，从而在历史上留下了自己的名字。他是一个怀疑论者，相比提出自己的解释，更喜欢质疑别人的解释。

故事点评:

我们刚才读到的这个故事受到了上面那些大师们的启发，是他们的作品给了这个故事灵感。除了赫西俄德是一位诗人，其他人都是哲学家，遗憾的是，他们的作品大都遗失了，只剩下了一些片段。我们今天能读到这些作品，都要感谢亚里士多德，因为他总是引用这些作品。不过，他这么做，主要是为了批判这些哲学家的观点。这就有点像，从一个人的对手说的话中去了解他。虽然这些哲学家被亚里士多德批评得一无是处，但我们还是可以发现他们都很伟大。

41